Warum? –

Ein Gespräch

Für Manuela Renk - Ferch

Es gab keine Zuschauer.

Keine Bühne.

Kein Publikum.

Einzig in den Seelen und der Erinnerung Einzelner

findet Überlieferung statt.

Herstellung und Verlag: BoD- Books on Demand, Norderstedt

ISBN: 978-3-7481-0813-9

An einem hellen Frühlingstag fährt Christoph an die einst so geliebte Universität. Dort ist unterdessen viel geschehen: Eine mit einer großen runden Kuppel versehene Bibliothek ist der ganze Stolz des entstaubten Fachbereichs, blitzblanke Studenten gehen eilig ihrer Wege, und auf den Fluren herrscht Rauchverbot. Nichts erinnert mehr an die Zeiten, in denen studentische Parolen in übergroßen Lettern den Weg zur Mensa zierten, den Studierenden eine gewisse Geborgenheit in freiheitlichem bis revolutionärem Denken zu bieten verstanden, und die vielen, durch Streiks erkämpften Studentencafés Raum boten für Gespräche und Diskussionen abseits der Seminare und des verordneten Lehrbetriebs.

Trotzdem: Hier hatte Christoph ja einst studiert, hatte unzählige Tage, Wochen, Monate, Jahre in diesen Gemäuern verbracht, mal mit mehr, mal mit weniger Enthusiasmus sein Wissen erworben, um dann freitags mit ein, zwei Bier die untergehende Sonne zu grüßen, welche ihn und eine Kommilitonin in den Abend begleitete.

Es wurde gezecht, diskutiert, philosophiert, bis die anfängliche Scheu und Fremdheit über die teils fachlichen, teils persönlichen Gespräche verflog, und so hatte man sich eine zweite Heimat schaffen können, auch wenn dies sich als eine wohlfeile Illusion erweisen sollte.

Kalina wusste das. Christoph hatte ihr von seiner Studentenzeit berichtet.

Nach einiger Lektüre in der riesigen Bibliothek begibt sich Christoph in den Innenhof, um eine Zigarette zu rauchen.

Er erblickt einen etwas schmächtigen, fast schon hageren jungen Mann, welcher auf einer Bank sitzend, in Lektüre vertieft ist. Einzig dessen kurz geschnittenen, leicht ergrauten Haare verraten seine in jungen Jahren schon erworbene Erfahrung. Christoph zögert, ihn anzusprechen.

»Entschuldigen Sie, was lesen Sie denn da Schönes? –«

»Ich lese Goethes Faust«, entgegnet der Hagere schnell.

»Besuchen Sie dazu auch ein Seminar hier?«

»Nein, ich lese das aus Privatinteresse. Und was machen Sie?«

»Ach wissen Sie, ich versuche immer noch aufzuwachen aus einem Traum. Es ist der Traum, eine Doktorarbeit zu schreiben, den ich mir nun erfüllt habe. Jetzt ist mein Leben ein wenig leer geworden... –«

»Oh, das ist gut. Meinen Respekt! – Wie heißen Sie?«

»Mein Name ist Christoph Fuchs. Dass Sie den Faust einfach so aus Privatinteresse im Selbststudium lesen, finde ich bemerkenswert. Ich selbst bin nie dazu gekommen, obschon ich die zwei Bände besitze. Wie ist Ihr Name?«

»Ich heiße Friedhelm Willenstein.«

»Sehr erfreut. Mögen Sie mich mal besuchen kommen? Dann können wir in Ruhe weiter plaudern.«

»Ja, gerne. Wo wohnen Sie denn?«

Christoph überreicht dem Hageren eine Visitenkarte mit Adresse und Telefonnummer.

Auf dem Rückweg von der Universität, im Bus, gedenkt er der Zeiten, zu denen er täglich mit dem Fahrrad die Universität besuchte, bei Wind und Wetter sich auf den Weg gemacht hatte, in freudiger Erwartung seines Vorankommens im Studium ebenso wie auf seine Kommilitonen in dem Studentencafé.

Auf dem Fußweg von der Bushaltestelle zu seiner Wohnung sinniert Christoph über seine neue Bekanntschaft: War er etwas zu vorschnell mit seiner Offenheit, hatte er die Einladung zu früh ausgesprochen? – Nun, wie oft schon hatte er an der Universität interessante Menschen getroffen, Gespräche begonnen, und immer waren diese Menschen im Nirgendwo der Großstadt verschwunden. Das sollte bei diesem Mal anders laufen, so war sein Plan.

Es klingelt.

Vor der Tür steht Friedhelm Willenstein.

Nach einem kurzen, kräftigen Handschlag bittet Christoph ihn herein.

»Hallo, guten Tag. Kommen Sie herein, und setzen Sie sich. Kaffee, Wasser, Bier?«

Nachdem er Patz genommen hat, schaut Friedhelm sich in der Wohnung um: An den Wänden prangen einige nahezu überfüllte Bücherregale, abstrakte Ölgemälde und Fotos von Christoph vor dem Gymnasium, welches er einst besuchte.

Ein weißer Sessel vor dem großen Fenster, der bei Bedarf als Schlafgelegenheit für Übernachtungsgäste dient, ist zweckentfremdet mit Papieren und Büchern belegt, in der Mitte ist ein dickes grünes Buch platziert.

»Was ist das für ein Buch?«, fragt Friedhelm Willenstein. - »Das ist meine Doktorarbeit, an der ich fast vierzehn Jahre lang geschrieben habe.«, entgegnet Christoph. »Es war eine harte, aber auch sehr schöne Zeit, in der ich dieses Buch verfassen durfte.«

»Was hat Sie denn dazu bewogen und motiviert, so viel Leidenschaft und Energie in ein Buch zu investieren?«

»Wissen Sie, es ist nicht einfach, über ein Jahrzehnt gegen den Strom anzuschwimmen. Doch das war ich mir selbst schuldig:

Diese angefangene Schrift zu einem Ende zu bringen, manchmal gegen Widerstände, koste es, was es wolle.«

»Hat Sie das nicht immens Kraft gekostet?«

»Ja, allerdings, aber es hat mich auch irgendwie am Leben erhalten. Stellen Sie sich vor, Sie würden eine Sache beginnen, dann aber einfach unvollendet fallen lassen. Das wäre doch enorm unbefriedigend, oder?«

»Ja, das verstehe ich. Wann sehen wir uns wieder?«

Erleichterten Herzens, seiner Einsamkeit durch die neue Bekanntschaft entronnen zu sein, stellt Christoph ein paar Bücher, welche er während des Gesprächs mit Willenstein aus dem Regal herausgesucht hatte, zurück an ihren Platz in den Regalen.

Etwa drei Tage später wird Christoph Fuchs erneut durch ein Klingeln an seine Wohnungstür gerufen. Er öffnet, und erblickt freudig seinen neuen Bekannten Friedhelm Willenstein. Gierig funkeln dessen Augen ihn an: »Sie müssen mir unbedingt mehr berichten von Ihrem Philosophiestudium, und der Literatur, welche Sie daneben gelesen haben! Ich werde bestimmt einen interessierten und dankbaren Zuhörer abgeben.«

»So beruhigen Sie sich doch erst einmal, Herr Willenstein. Wir haben alle Zeit der Welt, und Ihr Wissensdurst gefällt mir. Doch bedenken Sie, dass er Sie auch so manches Mal flatterhaft und nervös machen kann. Nicht alles Wissen aus Büchern ist harmlos. Nicht nur der Faust, auch die Schriften Nietzsches können Einem ganz schön zu schaffen machen, Einen zu Boden schmettern, seien Sie sich dessen bitte immer bewusst!«

»Ich weiß.«

»Meinen Sie, Sie sind stark und charakterlich gefestigt genug, um es mit der Welt der Bücher aufzunehmen?«

»Gewiss. Danke für die Warnung. Doch habe ich schon Härteres erlebt, als ein paar schmetternde Buchstaben.«

Willensteins Blick verfinsterte sich und tiefe, dennoch wissende Verbitterung sprach aus seinem Antlitz... –

»Möchten Sie davon berichten?«

»Heute nicht. Später vielleicht einmal. Wir kennen uns ja erst ein paar Wochen und haben noch viel Zeit.«

»Okay, das klingt vernünftig. Dann lassen Sie es für heute gut sein. Wer etwas gegessen hat, braucht ja auch Zeit zum Verdauen.«

Willenstein lacht.

»Sie sind ein Schelm! Also dann bis zum nächsten Mal!«

Nach ihrem Abschied fällt die Tür ins Schloss, und Christoph ist wieder allein. Den Abend wird er bei Kerzenschein und Bier verbringen. Oft schon hatte er Einsamkeit gekostet, manchmal durchlitten, so manches Mal jedoch auch genossen.

Christoph spürte Freude und Verantwortung in sich aufkeimen, war er doch mit Willenstein einem Menschen begegnet, welcher ihm ernsthaft zuzuhören gewillt war. Ob aus dieser Begegnung nun Freundschaft, Kameradschaft, oder ein Lehrverhältnis erwachsen sollte, war dabei einerlei.

Weitere Tage verstrichen bis zur nächsten Begegnung der beiden wissensdurstigen, daher oftmals einsamen Geister. Den Tränen nahe, fast flehend, berichtete Willenstein Fuchs von seinem Leid:

»Was ist denn bloß los? Ich lese ein paar Bücher, dünke mich weiser, und schon bin ich plötzlich von allem getrennt, was mir bisher etwas wert war. Meine Mutter versteht mich immer weniger, die Kameraden sind weit weg, ja selbst alte Freunde sagen mir, ich hätte mich sehr verändert, jedoch keinesfalls zum Guten hin.«

»Ich danke Ihnen für Ihre Offenheit und Ihr Vertrauen. Doch warten Sie. Wenn Sie ernsthaft weiter und zu sich selbst kommen wollen, müssen Sie einige Dinge und leider auch Menschen hinter sich lassen. Das ist nicht eben leicht, soviel weiß ich aus meinem Leben. Aber wenn Sie Ihren Weg zu Ende gehen wollen, ist dies unerlässlich. Das sollte Ihnen klar sein.«

»Das klingt ja schön und gut. Doch warum dann diese Schmerzen? Es kann doch nicht sein, dass jemand, der seinen Charakter und seine Persönlichkeit bilden möchte, derart von der Gesellschaft ignoriert, ja angefeindet wird.«

»Doch, das ist leider so. Wer seinen eigenen Weg gehen will, hat damit zu rechnen, dass er unverstanden im Abseits landet. Das sollte Ihnen nichts ausmachen, und ich denke, Sie sind stark genug für wilde Gedanken und Ihren individuellen Weg zum Menschen hin.«

Schweigend erhebt sich Friedhelm Willenstein von seinem Stuhl, wendet sich zur Tür, nicht ohne dem neuen Bekannten seine Hand für einen Abschiedsgruß hinzuhalten: »Ich danke Ihnen, Herr Fuchs, fürs Zuhören und Ihr Verständnis. Doch habe ich nicht immer Zeit und Muße für derart tiefsinnige Gespräche. Das müssen Sie verstehen.«

»Aber natürlich, gerne.«

»Auf Wiedersehen.«

»Auf Wiedersehen.«

Zurück auf der Straße, bekommt Willenstein einen klareren Kopf: »Dieser Kerl, der da so ein wenig gelesen hat, altklug daher redet, gerade der will mir sagen, was ich zu tun und zu lassen habe? Das stinkt doch zum Himmel! Er hat ja nicht einmal Goethes Faust gelesen, geschweige denn die Edda. Nein, von so einem Klugscheißer lasse ich mir mein Leben nicht verderben!«

Angekommen am Kanal, zückt Friedhelm ein Buch aus seiner Tasche. Konnte er lesen, einen weiteren Schritt tun auf seinem Weg in eine eigene, jedoch ungewisse Zukunft? –

»Der Fuchs kann mich mal mit seinen Büchern! Ich werde arbeiten, wandern, leben, lieben, trinken. Was ist schon dran an Philosophie und Literatur? Ich bin jung und will leben! Hier und jetzt!«

Langsam beruhigt sich Willenstein. Die kühle Brise am Kanal, ein Ruderboot und das Entenpaar, das er schon einige Zeit zuvor beobachtet und gefüttert hatte, zähmen sein erhitztes Gemüt.

Christoph Fuchs indes versucht, seine Zeit des Alleinseins für ein Nachdenken über zukünftiges, möglichst weises Vorgehen in der Bekanntschaft mit Willenstein zu nutzen. -

»Verdammt noch mal, dem kann ich doch gar nichts beibringen. Normalerweise ist dem nicht zu helfen, denn er hat zu viel erlebt. Doch immerhin können wir schöne Stunden miteinander verbringen, und einander zuhören. Vielleicht ist das schon genug.«

Auf seinem Heimweg werden Willenstein die schönen Momente der Zusammenkünfte mit Christoph Fuchs erinnerlich: Es waren ja nicht nur die Gespräche über Philosophie, Religion und Literatur, welche er bei Christoph genoss, nein, die rechte Würze bekamen ihre Treffen durch die Reisen durch des Fuchsens Musikarchiv mitsamt dem Genuss von Bier oder Wein. Rock, Pop, Funk und Jazz, daneben etwas Metal. Hier konnte er wirklich entspannen, von seinem teilweise finsteren Alltag eine Distanz gewinnen, welche ihm neue Kräfte einzuhauchen vermochte. –

Dann wieder: Fragen und Antworten. Auch wenn der Fuchs nicht auf alles eine Antwort wusste, so war es immerhin die ungezwungene Erörterung im Gespräch, welche für

Willenstein eine willkommene Abwechslung darstellte. Nein, so schnell würde er den neu gewonnen Freund nicht lassen, auch wenn der ihn in seinem Lebenseifer schon einmal bremsen und einschränken konnte.

Christoph indes dachte ähnlich über ihrer beider Treffen: »Wenn der Friedhelm bei mir etwas lernen möchte, dann bitte sehr. Dazu bin ich gerne bereit. Auch wenn mich das manchmal anstrengt, so ziehe ich dennoch den Vorteil daraus, dass ich meinen Geist wach erhalten kann, und nicht in selbstgefälligem Zynismus versinke. Außerdem begegnet er mir mit anständigem Respekt, das gefällt mir und tut mir gut.«

Wieder allein, begab sich Chrsistoph Fuchs aus seinen Balkon, um sich der Pflege seiner Blumen und Pflanzen zu widmen. Diese gediehen prächtig, auch wenn er - teils aus übermäßiger Fürsorge, teils aus selbstsüchtigem Meditationsbedürfnis - sie ein wenig zu großzügig wässerte.

Der nächste Besuch Willensteins bei Fuchs zeichnete sich ein weiteres Mal durch Offenheit und Ehrlichkeit aus. Sie sprachen eben Tacheles, und beide waren bereit, ihrem Gegenüber zuzuhören, von ihm etwas zu erfahren und zu lernen, kamen sie doch aus sehr unterschiedlichen Welten, aus denen zu berichten es sich lohnte.

Wieder und wieder unternahm Christoph Fuchs den Versuch, Friedhelm Willenstein fernöstliche Weisheiten nahe zu bringen:

»Bezähme Deinen Stolz. Demut ist kein Zeichen von Schwäche, sondern von Wissen, Menschlichkeit und Weisheit.«

»Hören Sie auf damit! Ohne Mut, Stolz, Charakter oder gar Krieg gäbe es keinerlei Gesellschaft oder Kultur. So schnell bekommen Sie mich nicht weich!«

»Meinetwegen. Doch wollten Sie nicht von mir ein wenig von Philosophie und Kunst erfahren?«

»Ja doch, gewiss und einverstanden. Doch die deutsche Kultur hört auf zu atmen, wie ich meine und empfinde. Zu Kultur gehört neben Empfindsamkeit und Intellektualität auch Kraft und Stärke. Dies ist meine feste Überzeugung. Doch sprechen Sie weiter, ich höre Ihnen zu.«

»Ich kann Ihnen nur davon berichten, was ich an der Universität und auf der Straße erfahren und lernen durfte. In Literatur vermischen sich Traum und Realität, und die Sprache betrügt einen meistens dabei. Denn was ist schon Wahrheit oder Realität? Gibt es nicht auch Emotionen, Ästhetik, Poesie und Kunst, welche Einem die Welt und die Menschen nahe bringen können?«

»Ich verstehe.«

»Dann ist es gut.«

Fortan gedachte Christoph Fuchs, sich weiter zurückzuziehen in seine Welt der Bücher, der Philosophie, der Kunst, und natürlich: Seiner Pflanzen. Hier konnte er - ziemlich ungestört - seinen Neigungen und Interessen nachgehen. Einst hatte er an der Universität nach Wahrheit und Weisheit gesucht, und er hatte einige Dinge erfahren können, doch als er erkannte, dass selbst hier Zeitgeist und Mode die Geister der Wissensdurstigen und Lernenden zu bestimmen versuchten und auch gar vermochten, wandte er sich ab, und widmete seinen durchaus angeschlagenen Geist der Kunst und der Musik, in deren Sphären Harmonischeres zu finden war, als in einer noch so freiheitlich konzipierten Geisteswissenschaft.

Dennoch war ein Studium abzuschließen, eine Sache zu einem Abschluss zu führen, auch mit Leiden und Quälerei.

Eines Tages klingelt es erneut an des Fuchsens Wohnungstür. Er öffnet, und erblickt zu seiner Freude den Freund und Schüler Willenstein.

Dieser begrüßt ihn mit den Worten:

»Ich möchte Sie ja nicht stören, oder Sie aus Ihren Träumen aufwecken, oder vielleicht doch? - Denn ich habe zu erzählen und zu berichten aus meiner Welt.«

»Sprechen Sie!«

»Nun, wenn ein Mann wie ich jahrelang gehorcht und auch gedient hat einer Sache oder einem Land, was ist dann der Lohn?«

»Ihren Lohn tragen Sie in sich selbst. Er beschert Ihnen Selbstbewusstsein und Zufriedenheit, auch wenn die Welt das nicht verstehen möchte. Mir ist es ähnlich ergangen mit meinen Studien. Erst nach Jahrzehnten verstehen vielleicht einige wenige Menschen, was man dort gearbeitet und geleistet hat. Üben Sie sich in Geduld, und Sie werden Ihr verdientes Gück erfahren und genießen dürfen.«

»Ich werde darüber nachdenken, und mir Mühe geben. Auf Wiedersehen.«

»Auf Wiedersehen, Herr Willenstein.«

Nach ein paar ruhigen Stunden in seinem Heim begab sich Christoph Fuchs in einen nahe gelegenen Park, um mit einer handvoll kleiner Holzscheite ein kleines Feuer zu entfachen. Nach etwa einer Viertelstunde Meditation beim Blick in die Flammen erlaubte er seinem Geist kritische Gedanken: »Habe ich dem jungen Willenstein da nicht vielleicht zu viel zugemutet, ja, ihn gar in Gefahr gebracht? Er hört mir ja zu, doch habe ich der Versuchung widerstehen können, ihn selbstsüchtig auf meine Fährte zu locken? Um dann nicht allein in all die Abgründe der Seele und des Geistes schauen zu müssen? Doch nein! Auch wenn er noch jung ist, so erlebe ich ihn doch als erwachsen und alt genug, mir das eine ums andere Mal seine Stirn zu bieten, und einfach einmal "Nein" zu sagen. Und genau dies war ja meine Absicht und mein Ziel, auch wenn mein Herz versuchte, meine Verblendungen auf ihn zu übertragen.«

Zufrieden und beruhigt überließ Christoph Fuchs seine Aufmerksamkeit der Glut und den letzten Flammen des kleinen Feuers, um noch ein wenig zu meditieren.

Auf dem Heimweg versuchte er, die Sonne und die Fassaden der schönen Villen zu genießen, und dennoch blickte ihn nach jedem dritten Schritt eine Erinnerung an. Fuchs lebte nun schon fast dreißig Jahre hier, und hatte durchaus heimatliche Gefühle für diesen Stadtteil entwickeln können, doch hielt er derartige »Sicherheiten« für trügerisch und gefährlich. Sie konnten jemandem zwar Geborgenheit vorgaukeln, doch andererseits lähmten sie den Geist. In seiner Wohnung angekommen, warf Christoph Fuchs einen flüchtigen Blick auf die Bücher in seinen Regalen, um sich einer kurzen Melancholie hinzugeben: »Warum das alles? Wäre das Leben nicht einfacher ohne die viele Theorien, Philosophien und Gedanken?« Ein Klingeln an der Wohnungstür unterbrach seine traurigen Schwelgereien.

Er öffnet, und erblickt einen leicht aufgeregten und nervösen Friedhelm Willenstein. »Haben Sie schon gehört, Herr Fuchs, was in der Welt passiert? Oder von den neuesten wissenschaftlichen Erkenntnissen?«

»Das mag ja alles schön und gut sein, und seine Berechtigung haben. Aber hören Sie, Willenstein: Wenn Sie immer und ausschließlich sich an andere Menschen, den Zeitgeist und die Gesellschaft halten, und versuchen, sich an ihnen zu orientieren, werden Sie nicht weit kommen. Es mag ja schön sein, es an die Spitze der offiziellen Gesellschaft zu bringen, doch verlieren Sie damit nicht auch etwas?«

»Ich verstehe nicht recht. Wie meinen Sie das?«

»Nun, ich denke, dass beispielsweise das Streben nach Anerkennung, Geld oder Gewerbeglück Einen daran hindern kann, zu sich selbst zu kommen. Sehen Sie sich doch einmal die Menschen an: Wie viele von ihnen sind Marionetten, Ameisen oder Roboter, die irgendwelchen Dingen hinterherlaufen, und sich dessen nicht einmal gewahr sind.«

Willenstein sinnierte kurz, aber intensiv über die soeben gehörten Worte, und ein heller Schein überzog flüchtig, dennoch nachdrücklich seine Augen und seinen Geist.

»Also dann sind Sie der Meinung, dass es noch andere Wege zum Glück gibt als mitten in der Gesellschaft sein Auskommen zu suchen?«

»Das ist gar nicht so einfach zu beantworten. Jeder Mensch soll seinen Weg gehen. Ob dieser nun in ein wirtschaftliches System, Industrie und Technik, oder aber in andere Bereiche, welche den Menschen gegeben sind, führt, ist dabei nebensächlich. Mir liegt einzig daran, das Wege bewusst beschritten werden, ohne Manipulation und Zwang.«

»Dann sprechen Sie von Freiheit, wenn ich richtig verstanden habe?«

»Gewiss. Und von Weisheit und Gerechtigkeit.«

»Hui, das ist hoher Anspruch und ein hehres Ziel. Haben Sie denn ein wenig davon finden können an der Universität oder in Ihren Büchern?«

»Ja und nein. So manches Mal konnte ich Halt und Orientierung finden in einer bestimmten Sichtweise oder Perspektive, in einem Text oder einem Buch. Doch musste ich feststellen, dass selbst diese Schutzmäntel, Rettungsringe und Anker einmal das Zeitliche segnen, und dass man weiter gehen muss. Sehen Sie, ich habe lange genug an so einige Weisheiten geglaubt, die mir aus den Büchern entgegenleuchteten. Nun liegt es bei mir, mein Leben zu leben. Das ist nicht eben leicht.«

»Aber Sie erscheinen mir so selbstbewusst und weise. Haben Sie in den Büchern nichts finden können, was sie faszinieren konnte, Ihnen Orientierung geben konnte, etwas, wovon Sie selbst dermaßen überzeugt sind, dass Sie es nicht mehr loslassen wollen?«

»Wie schon gesagt: "Ja und nein". Immerhin sind mir die philosophische Skepsis, der Buddhismus und die Aufklärung zu ständigen Begleitern geworden. Doch sollten Sie sich hierüber nicht täuschen: Gerade diese Geistesrichtungen vermögen Einen gehörig ins Wanken zu bringen. Wer einmal gelernt hat, Dinge und Gegebenheiten an seinem eigenen

Verstand zu prüfen, den lässt diese Denkgewohnheit nur schwerlich wieder los. Man kann daran weise werden, gottgleich auf ein Paradies zusteuern, manchmal kommt man aber auch ins Irrenhaus.«

»Meinen Sie das im Ernst?«

»Aber ja. Schauen Sie, wer einmal ernstlich den Weg beschritten hat, nach Weisheit oder Wahrheit zu suchen, wird nichts finden. Denken Sie an das Vorwort vom Faust: „Da steh' ich nun, ich armer Thor, und bin so klug als wie zuvor."«

»Ja, das sagt mir etwas. Damit kann ich etwas anfangen.«

»Fein. Wollen Sie noch ein Getränk auf Ihren Weg mitnehmen?«

»Ja, gerne. Danke für Ihre Offenheit und bis zum nächsten Mal.«

Befriedigt durch die Öffnung seiner Seele und seines Geistes schließt Christoph die Tür hinter Willenstein, stellt einige Dinge zurecht, und widmet sich erneut seinen Gedanken: »Auch wenn all dies für mich nichts Neues darstellt, so bekomme ich durch Willenstein dennoch die Möglichkeit, einmal Gelerntes und Erfahrenes zu wiederholen, aufzufrischen, und weiterzugeben an einen jungen Menschen. Vielleicht ist das meine Aufgabe, mein Schicksal und Labsal.«

Ein paar Tage später klingelt das Telefon. Es ist Kalina, die Christoph so lange Zeit vergeblich zu vergessen versuchte, zumal er erfahren hatte, dass sie eine ziemlich lange Affäre mit Willenstein unterhalten hatte. Nicht, dass ihn das schwer verletzt hätte, denn er hatte ja noch seine Kunst und seine Philosophie, außerdem freute es ihn, sie glücklich zu sehen. Dennoch hatten Kalinas Eskapaden ein paar Narben bei ihm hinterlassen, auch wenn Christoph sich dies nicht eingestehen konnte oder wollte. Nun war sie plötzlich wieder da: »Was macht ihr eigentlich so lange zusammen? Übernachtet Willenstein bei Dir?« Christoph antwortete: »Nein. Wir reden nur über viele Dinge, meditieren und beten.«

Ihr nächstes Gespräch lenkte Christoph Fuchs in literarische Gefilde: »Wissen Sie, was ich einst von Klaus Mann lernen durfte?«

»Nein, klären Sie mich auf!«

»"Sich einordnen, ohne sich unterzuordnen", das war sein Wunsch und Ziel. Das hat mir immer sehr imponiert und mich fasziniert.«

»Das klingt gut, doch ist die Frage, ob das auch möglich und realisierbar ist. Der arme Kerl. Ich weiß nur wenig über ihn, habe aber immerhin erfahren, dass er zeitlebens im Schatten seines Vaters gestanden hat, und sich dann früh das Leben genommen hat.«

»Das stimmt. Doch hat er sehr lebendig und hellsichtig schreiben können, und einer jungen Generation eine Stimme gegeben.«

»Das mag schon angehen. Aber ein richtig starker Mann war er dann wohl doch nicht.«

»Das kann sein. Ich meinerseits habe seine Bücher seinerzeit immer gerne gelesen. Sein lockerer, flotter Schreibstil hat mir sehr gefallen.«

»Nun, da sind die Geschmäcker wohl verschieden. Ich bevorzuge klare, kräftige Worte, wie sie beispielsweise bei Goethe oder Nietzsche zu lesen sind. Doch muss ich nun gehen. Lassen Sie uns ein anderes Mal weiter reden.«

»Aber gerne. Auf Wiedersehen, Herr Willenstein.«

»Auf Wiedersehen, Herr Fuchs.«

Wieder allein, beruhigte sich Fuchsens Gemüt. Er ließ seinen Blick von seinem kleinen Balkon über Häuser, Bäume und Wolken schweifen, und versuchte, über die Worte

Willensteins nachzudenken: »Nun, die Menschen sind halt verschieden, und haben unterschiedliche Geschmäcker und Ansichten. Wenn jemand immer nur meiner Meinung wäre und mir zustimmen würde, das wäre ja ziemlich langweilig. Und ob man so etwas ein Gespräch nennen könnte, das ist mehr als ein wenig anzuzweifeln.« Zurück von seinem Balkon, bereitete Fuchs sich einen Tee, um sich ohne weitere Gedanken oder gar Grübeleien bei Duftlampe und Kerzenschein ein wenig auszuruhen und Kräfte zu sammeln.

Bei dem nächsten Gespräch zwischen Willenstein und Fuchs übernahm Willenstein das Ruder der Themenwahl.

Friedhelm fragt Christoph: »Wussten Sie das schon?« -

»Was?«

»Die Christen müssen auf die Knie fallen, so klein ist ihr Gott.«

»Nun, vielleicht verstehen Sie da etwas falsch. Das ist einfach ein Zeichen der Ehrerbietung, gar nicht einmal der Anbetung. Auch Buddhisten werfen sich auf ihren Pilgerreisen alle zehn Meter zu Boden, um ihren Respekt und ihre Anerkennung zu bekunden. Das hat mit Unterwerfung eigentlich gar nichts zu tun.«

»Papperlapapp!«, poltert Willenstein. »Germanische Götter müssen den Menschen etwas bieten, ihnen helfen und sie stärken, um Götter zu sein und zu bleiben. Da gibt es keine Herrschaft oder Unterwerfung.«

»Diese Sichtweise ist neu für mich, und klingt interessant und gerecht. Wahrscheinlich kann ich in diesen Dingen noch Einiges von Ihnen lernen und erfahren.«

»Das denke ich auch, ganz bestimmt. Und hören Sie: Ein Folterinstrument wie das Kreuz zum Symbol eines Glaubens und einer Religion zu erheben, das stinkt doch zum Himmel, sollte es überhaupt einen geben.«

»Ihre Überlegungen finde ich sehr klug und einleuchtend. Doch darf ich einwerfen, dass die ganze Kultur und Gesellschaft, aus der Sie und ich hervorgegangen sind, in dieser Religion ihren Ursprung haben? Kritik ist ja nicht verkehrt, doch sollte sie nicht so weit führen, Herkunft und Wurzeln eines Menschen zu zerstören. Beschmutzen kann man sein Nest ja, im Sinne einer Erneuerung, aber wenn man es gleich vom Baum wirft, schneidet man sich ins eigene Fleisch.«

»Sie nun wieder mit Ihren lähmenden Weisheiten!«

Wie um dem etwas hitzig sich entwickelden Austausch ein Ende zu bereiten, lenkt Fuchs ab: »Sie lieben Kalina wohl immer noch, stimmt's?«

Ein wenig beruhigt vom Sturm der Gedanken, wendet Friedhelm stumm den Blick von seinem Kontrahenden ab. Mit wässrigen Augen schaut er in den Garten im Hinterhof.

»Das geht Sie normalerweise wenig an, Herr Fuchs.«

Eine Weile noch saßen die beiden schweigend beieinander, ohne dass ihre Blicke sich trafen. Schließlich erhob sich Friedhelm Willenstein, reichte Christoph Fuchs zum Gruß die Hand, um auf seinem Heimweg sich und seine Gedanken zu sortieren.

Für die nächste Begegnung von Willenstein und Fuchs wurde ein neutraler Ort gewählt, und so verabredete man sich in dem nahe gelegenen Bäkepark. Auf einer Bank im Schatten von Nadelbäumen ließen die beiden sich nieder, um ihren Austausch fortzusetzen.

»Was wissen Sie über Dämonen, Herr Fuchs?«, begann Willenstein das Gespräch.

»Nun; eigentlich ziemlich wenig, doch ist mir der Ursprung des Wortes bekannt. Es kommt aus dem Griechischen, dort sagt man *daimonion*, und damit wurde der so genannte

Schutzgeist des Sokrates bezeichnet. Diesen kann man sich vorstellen als einen kleinen Mann im Ohr, welcher seinen Herrn schalten und walten ließ, und nur, wenn dieser im Begriff war, etwas Böses oder eine Dummheit zu machen, warnte er ihn, und riet ihm von seiner Tat ab.«

»Das ist ja interessant.«, antwortete Willenstein. »Bei den germanischen Völkern existierte eine ähnlich neutrale Auffassung von Dämonen. Sie waren einfach da und begleiteten die Menschen, ja halfen ihnen sogar, und nur, wenn sich diese undankbar zeigten, oder ihnen frevelten, konnten sie richtig ärgerlich und böse werden, und ihren berechtigten Hass auf die Menschen schleudern.«

»Das klingt kraftvoll und weise. Müssen wir noch davon sprechen, welche Bedeutung Dämonen im Chrsitentum haben?«

Willenstein lacht: »Nein, das müssen wir ganz bestimmt nicht.«

»Dann lassen Sie uns gehen.«

»Einverstanden.«

Langsam erhoben sie die zwei von der Parkbank, um ihre Schritte aus dem Park hinaus zu der nächstgelegenen Hauptstraße zu bewegen. Hier trennten sich ihre Wege.

»Vielen Dank, Herr Fuchs, für den Spaziergang und die Unterrichtsstunde.«

»Ich habe zu danken, Herr Willenstein. Für Ihr interessiertes Zuhören und die Dinge, welche ich von Ihnen lernen darf.«
Nach dem gewohnten festen Handschlag zum Abschied geht jeder seines Weges. Ein Blick zurück findet nur im Geiste statt... -

Ein paar Wochen vergingen, in denen beide ihre Ruhe und Einsamkeit genossen, um Erholung zu finden von den intensiven Gesprächen, welche ja immerhin auch Einiges an Konzentration und Kraftaufwand von ihnen verlangte.

Nach angemessener Pause verabredete man sich erneut, um den für beide Seiten erbaulichen Austausch fortzusetzen.
»Was verstehen Sie unter und von Kunst?«, begann Christoph Fuchs interviewartig das Gespräch.
»Davon verstehe ich eigentlich gar nichts. Ich weiß nur, dass ich die Comics mit Batman ganz große Klasse finde.«
»Was? So ein Schrott? Das ist doch unterste Schublade!«
»Hören Sie, Herr Fuchs, wenn Sie es sich mit mir verscherzen wollen, bitte sehr. Doch wenn sie einem Mann, der eben

einmal nicht studiert hat, auch einmal zuhören wollen, dann sage ich Ihnen: Auch das, auch Comics sind Kunst.«

»Hm. Es fällt mir schwer, das zu akzeptieren. Doch wenn Sie das mir so eindringlich versuchen nahe zu bringen, werde ich darüber nachzudenken haben. Meine Auffassung von Kunst ist da eine andere, und vielleicht eine ganz spezielle.«

»Können Sie mir das näher erläutern?«

»Ich weiß nicht genau, aber ich kann es versuchen. Sehen Sie, eine jegliche Kunstform hat ihre Geschichte. Es ist ja nicht so, dass da jemand kommt, und schneidet sich ein angeblich neues Kunstwerk aus dem Bauche. Jeder Künstler, der etwas auf sich hält, hat bei den klassischen großen Meistern gelernt, indem er sie zunächst nachahmte, um dann in einem weiteren Schritt eigenes zu schaffen.«

»Ist das so?«

»Ja, unbedingt. Es kann ja nicht jeder das Rad neu erfinden. Man muss auf das zurückgreifen, was schon da ist, da gewesen ist, um es zu verwandeln, zu modernisieren, oder um etwas zu schaffen, was wirklich neu ist. Sie merken, ich spreche hier von Stil, Kunststil, und der moderne Fetisch des *eigenen Stils* ist mir zuwider, da er einige Dinge unterschlägt.«

»Das verstehe ich nicht. Ist das nicht eine tolle Sache, wenn ein Künstler einen eigenen Stil entwickeln kann?«

»Ja und nein. Man sollte immer daran zu denken gewillt sein, unter welchen Einflüssen der jeweilige Künstler gestanden hat und steht, wer seine "Lehrer" waren, und so weiter, und so fort. Es ist ja so, dass eine *creatio ex nihilo*, als eine Schöpfung aus dem Nichts, genau genommen gar nicht möglich ist. Wir Menschen haben alle einst etwas gelernt, zuerst die Sprache, vielleicht etwas Mathematik, Biologie und Physik, dann später im besten Falle etwas von und über Kultur, Moral, menschliche Umgangsformen und so weiter, von unseren Eltern und Lehrern.«

»Ich scheiße auf meine Eltern und meine Lehrer! Das was ich bin, habe ich mir selbst erkämpft! Sie wollen mir doch nicht weis machen, dass ich von *denen* abhängig bin, ohne die gar nichts wäre.«

»Mitnichten. Ich möchte Sie nur darauf aufmerksam machen, dass, was auch immer Sie in ihrem Leben anfangen, nicht zu denken wäre ohne Ihre Geschichte. Bedenken Sie bitte, dass das, was Sie an sich selbst als individuell oder besonders empfinden, dieses es ja gar nicht wäre ohne das Gewöhnliche, was Ihre Eltern von Ihnen zu verlangen scheinen.«

»Entschuldigen Sie, aber das geht mir ein wenig zu weit. Ich höre Ihnen ja gerne zu, aber ich lasse mir von Ihnen nicht sagen, was ich zu denken, schon gar nicht, wie ich zu handeln habe. Ich denke, es ist besser, wenn wir uns einige Zeit nicht sehen.«

»Einverstanden. Mir ist auch dabei wohler, wenn wir beide, bevor es zum Streit kommt, einmal ein wenig Abstand voneinander gewinnen. Da kann dann ein jeder einmal mehr zu sich selber kommen.«

Ein wenig bedrückt, reichen die beiden zum Abschied einander die Hand, freundschaftlich, doch auch ein wenig distanziert.

Zu Hause angekommen, verspürt Christoph nach dem Schließen seiner Wohnungstür Erleichterung, er atmet auf. »Ich will ja niemanden zu einer bestimmten Denkweise zwingen oder nötigen, doch wenn mir jemand eine Auffassung präsentiert, die ich für grundlegend falsch halte, macht für mich ein weiterer Austausch keinerlei Sinn.«

Fortan sollte jeder seine eigenen Wege beschreiten, einerlei, ob er mitten in die Gesellschaft, oder eben in die Einsamkeit führen sollte... -

Warum? -

Der Sommer neigte sich seinem Ende zu und die Tage wurden kürzer, als Christoph sich auf den Weg machte. Im Obergeschoss des Busses dachte er nochmals nach über seine intensiven Gespräche mit Friedhelm Willenstein, dessen regelmäßige Besuche und seine eigene geistige Erbauung, welche er dadurch erfahren durfte. Damit sollte es nun ein Ende haben, sein Weg führte ihn vorerst in die Einsamkeit, die er schon so oft gekostet, durchlitten, manchmal aber auch genossen hatte. Kein Gegenüber konnte ihn nun mehr beeinflussen, ihn faule Kompromisse schließen lassen, welche er viel zu oft schon in den letzten Jahren eingegangen war, nur um ein wenig Gesellschaft zu haben.

Als Christoph den kleinen Zettel mit einer Adresse aus der Brusttasche seines Hemdes herausnestelt, stellt er fest, dass er an der nächsten Haltestelle aussteigen muss.

Mehr missmutig als erwartungsfroh passierte er das große Tor zu dem Kreuzberger Hinterhof. Ein weiteres Tor war zu durchqueren, um auf den zweiten Hinterhof zu gelangen, wo im dritten Stock des Hauses die Treffen der buddhistischen Vereinigung stattfanden.

Ein Freund hatte ihm geraten, ja ihn nahezu gedrängt, einmal die Treffen der Buddhisten aufzusuchen, nicht ohne Christoph augenzwinkernd zuzuflüstern, dass ja eventuell die

Möglichkeit bestünde, dort eine suchende, spirituelle Frau kennen zu lernen.

Angekommen im dritten Stockwerk, machte er einladende Gerüche aus, welche von Räucherstäbchen herrührten, die schon am Eingang der kleinen Wohnung entzündet worden waren. Auch die Beleuchtung war gedämmt und sanft: Ein paar Teelichte säumten zu beiden Seiten die offene Tür des zum Treffen der Suchenden hergerichteten Ortes. So einladend empfangen, schwand Christophs Missmut immerhin ein wenig, und er wurde neugierig auf das, was er hier würde erleben dürfen.

»Taschi deleg!«, begrüßte ihn ein Mönch mit kahlgeschorenem Haupt, in eine orangene Robe gekleidet. Er hatte zum Gruß die Hände an seiner Brust aneinandergelgt und sich vor Christoph leicht verbeugt.

»Was bedeutet das?«, fragte Christoph den Mönch. -

»Gesegnet seiest du und all deine Wiedergeburten!«, antwortete der Mönch. »Danke, das wünsche ich Ihnen auch.«

Die eigentlichen Urheber seines Interesses am Buddhismus waren zwei junge Männer, die Christoph einst in einer Kneipe kennen gelernt hatte. Es war seine Stammkneipe am Marktplatz, die er oft genug aufgesucht hatte, nicht ohne einen

Band Nietzsche in sein Jackett zu stecken, um bei nicht stattfindenden guten Unterredungen immer noch geistreiche Beschäftigung zu haben. Allein am Tresen, sein Weizenbier vor sich, las er in dem Reclam-Bändchen »Jenseits von Gut und Böse«, um dann, nach kurzem Blick auf die Spirituosen an der Wand hinter dem Zapfhahn, in gruseliges Lachen auszubrechen. »Willst Du noch etwas trinken?«, fragte der Barkeeper besorgt. - »Ja, mach mir einen 103!«.

»Dann kommen Sie mal mit.«, forderte der Mönch ihn auf, um Christoph in einen kleinen Saal zu geleiten, wo weitere Gäste schon auf bestickten bunten Sitzkissen Platz genommen hatten, um gespannt auf die Unterweisungen des Meisters zu warten.

»Gepriesen sei Buddha,, der Erleuchtete.«, tönte es in mittlerer Lautstärke aus dem dunklen Hintergrund des Saales, und langsam erschien ein kahlgeschorener, stattlich mit einer Wohlstand verratenden Körperfülle gesegneter Mann, um sich sodann auf einem etwas größeren Sitzkissen an der Stirnseite vor der kleinen Gruppe niederzulassen.

Ein Tag wie so viele: Christoph schreibt ein paar Seiten, um dann, der Buchstaben überdrüssig, sich an einem neuen Ölbild zu versuchen. Diesmal soll es wieder einmal besser werden: Ein russisch-orthodoxes Kreuz, genau gemalt, gelb, leuchtet vor dem dunkelbauen Hintergrund, so sein Plan. Die Linien sind schnell gezogen, doch die Dreidimensionalität des Kreuzes stellt schon eine gewisse Herausforderung dar. Dann das Kreuz mit Farbe füllen, gelb, dann die Mischung mit schwarz, und die ersten Schritte sind getan. Rausch durch Bier und den Geruch der Farben und Lösungsmittel. So intensiv Christophs Konzentration, so auch sein Bedürfnis nach Amusement. -

Der Weg zum Marktplatz ist nicht weit. Er schwingt sich auf sein Fahrrad, um erleichtert mit tiefen Atemzügen die kühle Herbstluft einzusaugen.

Einmal wieder, bei einem Besuch des Bierlokals am Markt, war Christoph, am Tresen sitzend, in seinen Band Nietzsche vertieft. Nachdenkend von seiner Lektüre aufblickend, fielen ihm zwei junge Männer an der Stirnseite des Tresens ins Auge, welche sich lebhaft unterhielten. Der Eine machte Eindruck durch sein kahlgeschorenes Haupt, während den Anderen eine schulterlange Haarpracht zierte. Seinen Instinkten folgend, welche ihm schon so oft gesagt hatten, er solle den ersten Schritt zu einem Kontakt wagen, beschloss

Christoph, die beiden anzusprechen. »Hallo und guten Abend. Wer seid ihr und was macht ihr?« - »Wir sind Buddhisten und studieren soziale Arbeit.«, antwortete der Kahlgeschorene.

Die Unterweisungsstunde in Kreuzberg begann mit der Lehre von den vier edlen Wahrheiten, welche Siddharta Guatauma einst verkündet hatte: Es ging um das Wissen um das Leiden: alles individuelle Dasein ist elend und leidvoll. Daher seien Leben und Leiden gleichsam Synonyme. Ursprung und Entstehung des Leidens sind Guatama zufolge Lebensgier und Lebensdurst. Es gebe jedoch einen Weg zur Aufhebung des Leidens: Das Eingehen ins Nirvana. Hier haben Triebe und Begierden ihre Macht verloren, sind sozusagen erloschen.

Christoph folgt dem inspirierenden Vortrag. Hatte er nicht insgeheim das alles schon gewusst oder zumindest gespürt? Jedenfalls erlebte er eine seltsame Vertrautheit mit dem, was der Meister dort von sich gab, im Namen des Buddha.

Am Ende der Stunde wagte Christoph ein paar Schritte nach vorn, um den Vortragenden anzusprechen. »Sagen Sie: Ist es möglich, dass jemand die Lehre Buddhas schon im Herzen trägt, ohne je von ihm gehört zu haben?« - »Ja, das ist möglich. Jedem Menschen ist die Buddhanatur eingeboren, ein Jeder ist wie ein ungeschliffener Diamant, welcher durch die

Worte Buddhas, wie ich sie hier lehre, nur zu noch mehr Klarheit geführt werden soll.«

Ein wenig verunsichert machte sich Christoph auf den Heimweg. Wenn das, was er auf den dortigen Treffen lernen sollte, schon in ihm steckte, machte das Ganze dann eigentlich Sinn? Konnte er nicht auch bei sich in seinem Heim eine spirituelle Atmosphäre schaffen, mit Räucherstäbchen und Buddhastatuen, um sich im Geiste der Lehre Siddharta Guataumas zu widmen? -

Er blickte aus dem Fenster des Busses, und sah die Häuserfassaden der Altbauten in Kreuzberg an sich vorbeifliegen. Nein, er war ja noch Novize in Sachen Buddhismus, und für die nächste Zusammenkunft war eine Einführung in buddhistische Meditation angekündigt. Er vertrieb die bösen Gedanken, und beschloss, die Treffen des buddhistischen Kreises weiter zu besuchen.

»Hallo, Nietzsche!«, begrüßten ihn ein paar Gäste des Lokals am Marktplatz, welche Christoph schon ein wenig kannten. Halb geschmeichelt, halb angewidert ließ er sich an der Stirnseite des Tresens nieder und bestellte ein Weizenbier. Um sich blickend ob eines geeigneten Gesprächspartners genoss er die ersten Schlucke seines kalten Getränks. Nach einer Weile vergeblichen Suchens kramte er sein Nietzsche-Bändchen aus dem Jackett, um zu lesen. Hier war Christoph zu Hause: Hellsichtige, scharfsinnige Gedanken, entstanden und festgehalten Ende des 19. Jahrhunderts, hatten nichts von ihrer Leuchtkraft und Aktualität eingebüßt. Allein die Tatsache, dass Friedrich Nietzsche in einem Umfeld von Frauen und Kirche gelebt und geschaffen hatte, und seine Schriften daher nicht mit hasserfüllter Kritik sparten, trübte dessen Blick auf Menschliches, Allzumenschliches... -

Aufgeweckt durch einen frischen Luftzug von der Eingangstür, fand Christoph zurück ins Hier und Jetzt.

»Ihr seid ja doch noch gekommen!«, begrüßte er seine neuen Bekannten.

»Ja, natürlich, wir sind doch verabredet.« Die Buddhisten ließen sich neben ihm nieder, um sich Bier zu bestellen.

»Hast Du mal über Dharma nachdenken oder meditieren können?«

»Aber sicher. Ich möchte zwar kein Buddhist werden, doch scheint mir die Lehre Buddhas ethisch sehr wertvoll und beachtenswert.«

Alsbald nahmen die drei ihr Gespräch auf, welches sich durch Offenheit, Ehrlichkeit, und nicht zuletzt durch tolerante Spiritualität auszeichnete. Man sprach über Achtsamkeit, die vier edlen Wahrheiten, den edlen achtfachen Pfad und über Erleuchtung.

Nach langem, ausgiebigem Austausch, welcher durch Biergenuß begleitet und intensiviert wurde, kam die Zeit zu gehen und zum Abschiednehmen. Aus der stickigen Kneipenluft ins Freie gelangt, wünschte man sich alles Gute für dieses und die kommenden Leben: »Taschi Deleg!«

Der Kahlgeschorene und der Langhaarige entschwanden Richtung S-Bahnhof, und auch Christoph machte sich auf den Heimweg. Lange noch sinnierte er in der kühlen Nachtluft über die Lehre Buddhas, welche durch das angeregte Gespräch mit den beiden jungen Männern einen tiefen Eindruck bei ihm hinterlassen hatte. Schwer nur konnte er zurückfinden in sein wissenschaftliches Denken, welches er sich vor längerer Zeit zur Pflicht erhoben hatte, und in die Gedanken seines Beitrages zu einer Kommunikationstheorie. Vieles, was er sich immer gewünscht hatte, war an diesem Abend in Erfüllung gegangen. Dinge, die er abgrundtief hasste, waren ausgeblieben.

Zu Hause angekommen, zündete er Kerzen an und plante ruhig den kommenden Tag.

Ein paar Wochen später machte Christoph sich erneut auf den Weg nach Kreuzberg, um dem angekündigten Treffen beizuwohnen. Wie gewohnt, wurde er freundlichst begrüßt und erwiderte den Gruß seinerseits mit gefalteten Händen und leicht gebeugtem Haupt. Der große Raum war wie üblich von dem sanften Schimmer brennender Kerzen und dem Duft von Räucherstäbchen erfüllt. Alsbald begann die Unterweisung mit dem Thema buddhistische Meditation, und der vortragende Geshe animierte die Zuhörer gleich anfangs zu einigen kurzen Übungen: »Konzentrieren Sie sich bitte auf Ihren Atem, und beobachten Sie Ihre Gedanken.« -

Christoph kam sich etwas seltsam vor, gab sich jedoch Mühe, Konzentration zu finden und den Anweisungen des Geshe zu folgen.

»Nun, wenn Sie ruhig Ihre Gedanken erkannt haben, nehmen Sie sie an, danach lassen Sie sie los, um sich nicht von ihnen verunsichern oder bestimmen zu lassen.«

Die Gedanken stehen still. Sie schweigen.

Einsichtig, aber dennoch ein wenig befremdet, da er jemandem Anderen Folge zu leisten hatte, als seinem eigenen Geist und Gefühl, keimte etwas wie Widerstand in Christoph auf, ja, er wurde beinahe ein wenig wütend. Doch hatte er gelernt, neben seinen Gedanken auch seine Gefühle erst einmal zu beobachten, ernst zu nehmen, um sie sodann loszulassen.

Beim Abschied legte er ein letztes Mal seine Hände zusammen, und verneigte sich vor dem Geshe:

»Ich komme nicht wieder.«

»Warum?«

»Sehen Sie, ich konnte hier bei Ihnen viele hilfreiche Dinge lernen und erfahren, doch ist es nicht so, dass schon Buddha selbst daran gemahnte, man solle seine Lehre um ihrer selbst willen, und eben nicht aus purer Verehrung für seine Person annehmen und praktizieren?«

»Ja, das ist richtig.«

»Dann kann es doch auch kein 'falscher' Weg sein, sich seiner Lehre über schriftliche Überlieferungen zu nähern?«

»Nein, durchaus nicht.«

»Und wenn ich nun am besten bei Bier, Kerzenschein und Jazz allein zu Hause meditieren kann, ist daran etwas auszusetzen?«

»Nun, wir Buddhisten lehnen den 'Genuss' - wenn man das einmal so nennen möchte - von Alkohol strikt ab, auch hören wir zumeist andere Musik, doch sind Sie ein freier Mensch.«

»Ich danke Ihnen.«

»Viel Glück auf Ihrem Weg. Taschi Deleg.«

Langsam, in Gedanken versunken und nicht ohne eine kleine Traurigkeit ging Christoph die Treppe hinunter, um auf dem kurzen Weg zur Bushaltestelle ein letztes Mal die Gegend auf sich wirken zu lassen. Eine seltsame Mischung aus Melancholie und Freiheitsgefühl überkam ihn, doch hatte er gelernt, auch Emotionen als etwas Zeitgebundenes und Vergängliches zu betrachten, welche - wie Gedanken auch - den Geist eine Weile zu trüben vermochten... -

Die folgenden Tage und Wochen verbrachte Christoph allein in seiner Wohnung über seinen Büchern. Auch hier konnte er meditieren, sich in Dharma, die Lehre Buddhas vertiefen, und dem Nirvana nahe kommen.

Er rang mit sich: Hatte er sich widrig verhalten, etwas falsch gemacht? Immerhin hatte er die Chance bekommen, einer Gemeinschaft beizuwohnen, welche ein wenig abseits der normalen Gesellschaft eine kleine Insel bildete, auf der

Gleichgesinnte sich trafen, sich austauschten, ja so manches Mal auch echte Freundschaften entstanden, eben dadurch, dass hier Menschen begegneten, deren Gesinnung und Spiritualität so gar nicht in die Zeit und ihren Geist passen wollten.

War Christoph undankbar?

Hatte er bei den Treffen der Buddhisten im Kreuzberger Hinterhof nicht die frische, reine Luft zum Atmen finden können, nach der er sich so lange gesehnt hatte? - Trotzdem war er gegangen. Weiter.

Warum? -

Zwei Monate später - Christoph Fuchs hatte unterdessen ausgiebig gelesen, seine Abgeschiedenheit genossen und zelebriert, mit seinen Pflanzen gesprochen und bei Kerzenschein meditiert - gedachte er, dass es eventuell ja doch Sinn machen könnte, sich unter Menschen zu begeben, um sich in Gesprächen und Diskussionen zu erproben, und sich Kritik und Angriffen zu stellen, und so entschloss er sich, in Charlottenburg den Treffen von Literaturfreunden beizuwohnen. -

Nicht ohne eine kleine Reue ob des zu entrichtenden
Fahrgeldes, riefen Atmosphäre und Flair des Stadtteils
angenehme Erinnerungen in ihm wach: Kantstraße,
Savignyplatz sowie die sternförmig von dort nach Norden
führenden Straßen hatten einst mit ihren kleinen und großen
Cafés, welche Kultur und reges Geistesleben versprachen,
Christophs Neugierde und Interesse wecken können.

Nun hatte er nahezu zwei Jahre in der scheinbar
abgeschiedenen Welt der Freien Universität in Dahlem
verbracht und hatte sich anderen Dingen zugewandt als dem
Glück verheißenden, ästhetisch anmutenden Zeitgeist des alten
Westberlin.

Zwischen gut gekleideten Herren und Damen, welche in dem
großen Saal mit einem Kelch Sekt in der Hand Versuche
machten, sich über Literatur auszutauschen, erhaschte
Christoph Fuchs die Worte eines jungen, kräftig und groß
gewachsenen Mannes, scheinbar einem Wortführer der hier
versammelten literaturbeflissenen Besucher:

»Man kann ja auch um Dinge herumreden, und ihnen dadurch
ausweichen. Es soll ja Menschen gegeben haben, welche
versuchten, Langeweile als Kunst zu verkaufen.«

Herzhaftes Gelächter der ihm Lauschenden belohnte seine

kühnen Worte, als Christoph vorsichtig seine Auffassung einbrachte:

»Ja, aber sehen Sie denn nicht, dass die Vielfältigkeit und Komplexität unserer Welt es erfordern, Sachverhalte und Dinge aus unterschiedlichsten Perspektiven zu betrachten und zu beleuchten?«

»Nein. Was man sagen kann, eben die Wahrheit, kann man einfach und klar sagen.«

»Dann halten Sie also nichts von den differenzierenden Ausdrucksmöglichkeiten unserer Sprache?«

»Ziemlich wenig. Das, was meistens dabei herauskommt, nennen wir hier 'Gelaber' und 'Dummschwätzerei', welche beide den einzigen Zweck haben, den Geist zu verwirren. Wissen Sie, die deutsche Sprache kann so klar und kraftvoll sein, und sollte nicht durch spitzfindige oder besserwisserische Nebensächlichkeiten verwässert werden.«

»Und wenn beispielsweise eine Abstraktion dabei helfen kann, ... -«

Christophs Unterhaltung wurde jäh unterbrochen von jemandem, der ihm sachte von hinten auf die Schulter tippte. Er drehte sich um und erblickte das Antlitz eines jungen, dennoch früh ergrauten Mannes.

»Willenstein! Was tun Sie hier?«

»Hören Sie auf. Es ist sinnlos.«

»Warum?«

»Merken Sie denn nicht, dass Ihr Denken und Ihr Wissen hier auf taube Ohren stoßen?«

»Naja. Aber ich dachte mir, es könne ja nicht schaden, wenn ich einmnal den Austausch suche mit Leuten, welche sich vielleicht ein wenig besser auskennen mit Literatur, modernen und zeitgemäßen Dingen, durch die man verstanden wird von den Menschen heutiger Tage.«

»Sagten Sie nicht einst selber von sich, voller Vehemenz und Leidenschaft, Sie fühlten sich wohl als überzeugter Unzeitgemäßer?«

»Das mag sein. Doch eines Tages wird man müde, man kommt auf den Gedanken, dass es vielleicht doch besser wäre, dem Geschmack der Menschen um Einen herum und dem Zeitgeist Tribut zu zollen, um ein wenig ruhiger zu leben.«

»Reden Sie keinen Unsinn, Fuchs! Wie oft haben Sie mir gepredigt und eingebläut, dass, hat man einmal die Herde verlassen, es kein Zurück mehr gibt. Anfangs hatte ich meine

Zweifel, und Ihre Gedanken haben mich mehr als ein wenig verwirrt, doch letztlich haben mich Ihre Worte, Ihre Haltung und Ihr Mut überzeugt. Schwarzes Schaf bleibt schwarzes Schaf, und ein grauer Wolf bleibt ein grauer Wolf.«

»Oh, das freut mich. Ich hatte das schon ganz vergessen, doch wo Sie das nun hier aussprechen, kommt meine Erinnerung wieder. Doch werde ich nicht jünger, und meine Kräfte schwinden von Tag zu Tag.«

»Jammern Sie nicht herum! Ich kann noch immer das alte Funkeln in Ihren Augen sehen, welches mir einst sagte, ich solle zu mir selber stehen lernen und mein Schicksal annehmen.«

»Ach, das können Sie erkennen?«

»Sicher. Kommen Sie, Herr Fuchs, lassen Sie uns diesen seltsamen Ort verlassen. Es mag ja angehen, dass man von den Leuten hier lernen kann, wie man Bücher zu schreiben hat, welche in den Zeitgeist passen, und sich gut verkaufen lassen, doch ist das nicht Ihre Sache. Sie würden sich nur selbst belügen.«

»Na, gut. Dann gehen wir also.«

Höflich und respektvoll nickten Willenstein und Fuchs den herumstehenden, etwas ratlosen und konsternierten Literaten zu, ohne eine Hand zu schütteln, ohne jedes warme oder verständnisvolle Wort. -

Nach den paar Schritten zur nächstgelegenen U-Bahn sowie einem kurzen gemeinsamen Weg verabredete man ein nächstes Treffen. »Meine Güte, Herr Willenstein, ich hätte ja nicht gedacht, Sie jemals wiederzusehen.« begann Fuchs. »Dann können wir also unsere Unterhaltung fortsetzten?« - »Aber gerne. Wann haben Sie denn Zeit?«

Wie verabredet, erschien Friedhelm Willenstein ein paar Tage darauf bei Christoph Fuchs zu Besuch. Nach kurzem Innehalten und einer spartanischen Bewirtung beginnt Fuchs das Gsspräch:

»Erzählen Sie mir doch, was Sie erlebt haben.«

»Nun, ich habe munter drauflosgelebt: Habe den Wein genossen, bin spazieren gegangen, Enten am Kanal gefüttert, habe Nietzsche und Bukowski gelesen, dann war ich mehr als eine Weile mit einer Frau liiert.«

»Konnten Sie das auch genießen?«

»Darüber habe ich noch gar nicht nachdenken können. Ich habe mein Leben einfach so genommen, wie es kam.«

»Hm. Das klingt fast ein wenig beneidenswert. Also konnten Sie immerhin ihr Leben bejahen, einerlei, ob es Ihnen wohlgesonnen war oder Ihnen seine böse Fratze gezeigt hat?«

»Hören Sie mal, Fuchs, ja oder nein, gut oder böse, das spielt doch gar keine Rolle. Ich denke manchmal wirklich, Sie sind mehr als ein wenig in der Schwarz-Weiß-Malerei des Christenthums befangen. Das ist nichts für mich. Das Leben ist ein Kampf. Man muss sich einfach durchsetzen. Sie tun das auf Ihre, ich auf meine Weise.«

»Ich verstehe. Wir leben wohl in sehr verschiedenen Welten.«

»Das mag sein. Doch haben wir beide Nietzsche gelesen. Das verbindet schon. Und wenn Sie vom Zarathustra gehört haben, und verstanden haben, was er zu sagen hatte, dann verstehen Sie vielleicht auch mich.«

»Ja. Ich gebe mir Mühe. Doch gibt es noch andere Philosophen neben Nietzsche. Es mag ja angehen, dass dieser Mann interessante und psychologisch scharfsinnnige Gedanken und Einsichten gehabt hat, aber es gibt doch auch noch Ästhetik, Kunst und die Schönheit der Natur.«

»Papperlapapp! Wenn Sie ein verblendeter Schöngeist bleiben wollen, dann ist das Ihre Angelegenheit. Sehen Sie der Wahrheit ins Auge! Wachen Sie einmal auf aus Ihren eleganten Träumen!«

»Nein, das werde ich mitnichten tun. Wer keine Träume mehr hat, der hat auch keine Hoffnung mehr, er wird verbittert und verkrampft. Und gerade dies wünsche ich Ihnen nicht.«

»Manchmal denke ich, Sie sind einfach ein blöder, eitler und eingebildeter Besserwisser, Herr Fuchs.«

»Warum?«

Christoph und Friedhelm schwiegen sich an, nicht ohne ab und zu zu schielen, ob der Andere den Blick des Einen suchte, um zu erkunden, inwiefern nicht doch vielleicht dort etwas wie Verständnis, Wissen, oder gar Kampfeslust mit einem Gleichstarken auszumachen war. Indes fanden sich ihre Blicke nicht. Sie schauten aus verschiedenen Welten.

»Auf Wiedersehen, Herr Willenstein.«

»Auf Wiedersehen, Herr Fuchs.«

Langsamen, ein wenig nachdenklichen Schrittes gingen die beiden vermeintlichen Kontrahenden ihrer Wege.

Zwei Wochen später klingelt es an der Tür von Christoph Fuchs. Etwas zögerlich betätigt er den elektrischen Türöffner, um nachzusehen, wer dort den Weg zu ihm gefunden hatte und seine Gesellschaft suchte. Er erkennt den die Stufen zu der Wohnung im Hochparterre aufsteigenden Friedhelm Willenstein, den er zunächst herein bittet, und begrüßt ihn alsdann mit einer freundschaftlichen Pöbelei:

»Haben Sie keine Heimat, kein zu Hause?«

Noch ein wenig außer Atem, fasst sich Willenstein:

»Sie scherzen, Herr Fuchs! Doch will ich Ihnen antworten: Meine Gedanken sind meine Heimat, einerlei, an welchem Ort und mit welcher Art Gegenüber - Freund oder Feind - sie Entfaltung finden können oder ihnen gar Flügel wachsen.«

»Das ist keine schlechte Sache. Doch bedenken Sie, dass das auch gefährlich werden kann, wie ich es einst andeutete. Frei zu denken und dabei vermeinen, fliegen zu können, führt ins Ungewisse, und das ist immer ein Risiko. Denken Sie an Dädalus und Ikarus.«

»Dann meinen Sie, man könne auch zu viel denken?«

»Genau. Wie Sie wissen, Willenstein, sind schon viele unterschiedliche oder gar gegensätzliche Dinge und Lebenshaltungen von Menschen gedacht worden, und nicht alle sind schriftlich festgehalten und überliefert. Weiterhin sind die Menschen ja endlich, und ihr Geist ist es auch. Da gilt es, sich einen kleinen Ausschnitt zu wählen, oder den Versuch

zu unternehmen, sich einen Überblick zu verschaffen, sollte
dies je möglich sein.«

»Meine Güte, Herr Fuchs. Ich habe das Gefühl, Sie werden
langsam alt. Sollte man nicht sein Leben lang lernen, vertraute
und gewohnte Dinge hinter sich lassen, um sich immer wieder
zu erneuern, jung und neugierig bleiben?«

»Das mag schon angehen. Doch sollte man manches Mal
einfach stillhalten, den Augenblick genießen oder sich die
Muße gönnen, auf die Vergangenheit zurückzublicken. Das ist
der Vorzug und das Vorrecht des Alters. Nicht alles, was neu
erscheint, ist es auch.«

»Ich versuche zu verstehen. Doch muss ich nun gehen. Mein
Weg ist weit, und es warten noch so einige Buchstaben auf
meine Augen.«

»Dann soll es so sein. Das war ja ein kurzer, wenn auch
intensiver Besuch. Guten Tag und guten Weg, Herr
Willenstein.«

»Auf Wiedersehen, Herr Fuchs.«

Bei ihrem nächsten Treffen, welches sie ein weiteres Mal im
Park verabredet hatten, richtete Christoph Fuchs beider
Aufmerksamkeit auf Gefühle:

»Hören Sie, Willenstein, ich kann Ihnen nur ans Herz legen, Ihren Emotionen einen Platz in Ihrem Leben einzuräumen. Wenn Sie sie unterdrücken, werden sie eines Tages mit doppelter Wucht Ihnen Ihr Leben schwer machen.«

»Und Disziplin ist keine Emotion?«

»Aber natürlich. Doch kann man hier unterscheiden zwischen einer Disziplin, welche durch Autoritäten, Befehle oder Zwänge zustande kommt, und jener, die sich ein Individuum selbst auferlegt. Eine Entscheidung zu fällen, welche Art höher oder besser einzuschätzen ist, scheint - gerade in unserer westlichen Welt - mehr als schwer. Meine Aufgabe sehe ich darin, eine Pause zum Nachdenken zu suchen oder auch zu erkämpfen, um mir und anderen darüber klar zu werden, wer wir sind, und welche Motive unser Handeln bestimmen.«

»Das ist eine schöne, wenn auch schwierige Aufgabe. Darum beneide ich sich nicht. Aber wenn Sie darin Ihr Schicksal sehen... -«

Fuchs blickte Willenstein schweigend, dennoch kraftvoll, wenn nicht gar aggressiv und beleidigt in die Augen: »Dies sollten Sie mittlerweile verstanden haben.«

»Bitte beruhigen Sie sich, Herr Fuchs. Auch ich bin nur ein Mensch, dazu ein ziemlich junger, und kann gewisse Dinge und auch Sie als Person so manches Mal nur langsam, oder auch gar nicht verstehen. Sehen Sie mir dies nach, und zwingen Sie mich nicht dazu.«

»Einverstanden. Dennoch dies: Wir leben in sehr widrigen Zeiten. Insbesondere für Menschen unseres Schlages ist es heutzutage schwer. Alles wird als selbstverständlich genommen, und die Menschen sollen möglichst einwandfrei funktionieren. Echte Anerkennung gibt es trotzdem nicht. Die Individuen sind mehr und mehr berechenbar, und fügen sich. Technische Errungenschaften, welche eigentlich den Menschen dienen sollen, wenden sich gegen sie.«

»Meine Güte, Fuchs! Dass Sie immer so alles kritisch analysieren und hinterfragen müssen... - Da bekommt man ja Magengeschwüre, und dann ist es vorbei mit der Liebe zum Leben.«

»Das kann sein. Doch es gehört dazu, hat man sich einmal für den Weg entschieden, ein aufrichtiger Mensch werden zu wollen. Der Lohn sind ein reiner Geist und ein klares Denken, welches sich nicht scheut, sich auch einmal gegen sich selbst zu wenden.«

»Das klingt verlockend. Ich werde darüber nachzudenken haben. Doch muss ich nun gehen.«

»Okay. Aber warten Sie, ich werde Sie noch ein Stück begleiten.«

Nach dem Schließen der Wohnungstür, angekommen auf der Straße vor dem Haus, reichte Willenstein Fuchs die Hand, um diese ein weiteres Mal ein wenig überschwänglich fest zu drücken.

»Wir werden uns wohl nicht wiedersehen.«

»Warum? Was ist los?«

»Ich muss zurück in den Krieg.«

»Was?«

»Ja, ich bin Soldat, und habe hier in Berlin meinen Urlaub verbringen dürfen.«

»Oh, das wusste ich nicht. Das haben Sie ja listig und geschickt in unseren Gesprächen verschweigen können. Dann sind Sie ja nicht nur im Geiste, sondern auch dort draußen ein Krieger?«

»Das mag sein.«

»Ich wünsche Ihnen eine gute Reise. Doch vergessen Sie den Adler und die Schlange nicht.«

Willenstein lacht wissend.

»Nein, das werde ich nicht, Herr Fuchs. Das verspreche ich Ihnen!«

Ende Mai 2017 - November 2018

Bücher

Alle Bücher dieser Welt
Bringen dir kein Glück,
Doch sie weisen dich geheim
In dich selbst zurück.
Dort ist alles, was du brauchst,
Sonne, Stern und Mond,
Denn das Licht, danach du frugst,
In dir selber wohnt.
Weisheit, die du lang gesucht
In den Bücherein,
Leuchtet jetzt aus jedem Blatt -
Denn nun ist sie dein.

(Hermann Hesse, April 1918)